AF369555

ODE A LA STATUE

DE

VICTOR HUGO

Ce livre a été tiré à 200 exemplaires, dont 25 numérotés
sur papier du Japon.

ODE A LA STATUE

DE

VICTOR HUGO

PAR

ALGERNON CHARLES SWINBURNE

Traduction

DE

TOLA DORIAN

PARIS

ALPHONSE LEMERRE, ÉDITEUR

PASSAGE CHOISEUL, 27-29

1882

A Madame TOLA DORIAN

Madame,

Vous avez fait parler à mes vers la langue du Maître aux pieds duquel je les ai mis ; je vous en remercie du plus profond de mon cœur. Il manquait à mon ode des ailes pour franchir la mer : c'est grâce à vous qu'elle n'est plus insulaire.

ALGERNON CHARLES SWINBURNE.

Paris, 22 Novembre 1882.

ODE A LA STATUE

DE

VICTOR HUGO

———

I

Depuis les jours où Zeus, dans Athènes visible,
Levait son front d'ivoire et d'or vers le soleil,
Où la Grèce adorait la splendeur indicible
Du visage auquel nul visage n'est pareil,
Jamais forme, bravant le bloc du statuaire,
Ne s'offrit plus superbe à sa tremblante main;
Jamais peuple ne vit, dans aucun sanctuaire,
Sérénité plus douce en un dieu plus humain.

2

L'humanité, devant tes multiples couronnes,
Salue avec amour la gloire des lauriers,
Et, respirant la joie intense que tu donnes,
Met les poètes morts et vivants à tes pieds.
Parmi les dieux du chant te placent nos ivresses,
Les Esprits bienfaisants t'ont reçu dans leur sein,
Le cœur de nos cœurs t'aime et cherche en ses détresses
Ta Foi, cet hosanna d'un invisible essaim.

3

Toi, la haute pensée et l'âme la plus chaste,
Tu planes sur le monde avec ton large esprit,
Plus que le vent des mers indomptable et plus vaste :
Ton vers de diamant dans ses chaînes nous prit ;
Il vibre, grave écho de ces lois immuables,
Entraînant l'univers au farouche idéal ;
Le Mal éperdu fuit tes regards formidables
Qui brillent sur la nuit comme un jour boréal.

4

Les pauvres, les honteux, la plèbe âpre et vulgaire,
Écoutent ta parole auguste les bénir ;
Quand l'empire entendit, tel qu'un cheval de guerre,
Ton clairon furieux dans leurs combats hennir,
Tes appels les poussaient à mille assauts sublimes,
Et cet arbre de mort, déraciné par toi,
S'effondrant sous l'orage enflammé de tes rimes,
Disparut tout entier dans un rapide effroi !

5

Tu plantes à présent le cèdre du refuge,
Dont le fruit est amour et la racine espoir ;
Et nous, tes fils, ô Maître, auprès de notre juge
Nous contemplons émus la beauté de ton soir.
Devant ton infini l'amour lui-même hésite.
Nous avons adoré la nuit de ton exil :
Mais quel verbe osera, dans quel mystique rite,
Te chanter sur un mode héroïque et subtil !

6

Tout l'azur sombre, avec les globes d'or des mondes,
N'étincelle pas plus de feux amoncelés
Que ne fait l'harmonie à tes lèvres fécondes,
Quand tu verses l'aurore aux peuples consolés,
Fleuve empli de clartés qui déborde l'enceinte
De l'art antique, et s'enfle en chant torrentiel,
Flots sur flots, — flots sur flots de pourpre et d'hyacinthe, —
Sonores, radieux, escaladant le ciel.

7

Et les bornes s'en vont sous l'immense marée
Qui s'élève et grandit avec les mois, les jours...
Les suprêmes hauteurs sous la vague sacrée
S'affalent ; elle monte, elle monte toujours !
Et puis, des profondeurs d'en haut, pluie abondante
Elle retombe et coule en baumes guérisseurs,
Répandant le pardon de la clémence ardente
Jusque sur les rois même et sur les oppresseurs.

8

Depuis qu'Il tient les clefs de l'humaine épouvante
Et qu'Il ouvrit aux yeux du grand-prêtre songeur
La porte par où luit la lumière vivante
Des paradis de gloire et de l'enfer vengeur,
Trois fois le flamboiement des splendeurs de son verbe
Perça l'ombre, où soudain éclatent triomphants,
Jetant aux quatre vents du ciel leur cri superbe,
Les appels quadruplés de ses quatre-vingts ans.

9

Sa forte main, appui de toutes les faiblesses,
Dénoue et précipite un faisceau de rayons
Sur les prêtres, leur dogme, et leur ciel, et leurs messes,
Leur église idolâtre et leurs lointains Sions.
Comme émerge des nuits la jeune et forte aurore,
L'espoir surgit au cri de l'âpre vérité,
Aux baisers du soleil la douce nuit se dore,
L'enfer s'éteint aux pleurs des anges de bonté !

10

En vain les lourds pédants de la science vide
Sous leur meule ont broyé tous nos pâles enfants !
En vain sous le labeur d'un cauchemar livide
L'homme roule à l'horreur des gouffres étouffants...
A travers la noirceur de nuits pleines de larmes
Les constellations scintillent au ciel bleu,
Feux nocturnes veillant sur nos sombres alarmes,
Flammes que le génie allume au front de Dieu.

11

Sa voix, qu'on n'éteint pas, domine les tumultes ;
Ivre d'horreur sacrée et de gouffres ouverts,
Elle écrase la haine et brise les insultes,
Clamant sa note immense à l'immense univers.
Et sur le Nord palpite une orageuse vie,
De prophétiques feux empourprent l'Orient,
L'âme du Sud écoute un chant d'astres ravie,
L'Occident croule au sein d'un brasier flamboyant.

12

O phormynx des péans ! ô triomphe des odes
Pindariques ! éclat des trompettes d'Hector !
Échos des anciens jours, ô lyres des rhapsodes !
Harpes répercutant les chants des âges d'or !
Plus sonore que vous gronde son rhythme épique,
Dont le souffle balaie au large les chemins ;
Mieux que vous Il châtie, et son soleil lyrique
Éclaire mieux que vous les cycles surhumains.

13

Sa strophe est une brise errante qui se plonge
Dans l'or liquide, aux sons des chorals de Lesbos,
Et murmure amoureuse en évoquant le songe
De la Muse que vêt la neige du péplos.
Elle chante l'idylle et les épithalames,
L'étoile qui se lève à l'obscur firmament,
Et la virginité souriante des âmes
Dans le calme éternel de leur rayonnement.

14

Puis, Il nous dit, pareille à l'onde qui déferle
Dans sa jeune fraîcheur, sous le soleil d'avril,
Cette vierge au regard d'enfant, exquise perle
Que rencontra Gallus cherchant un grain de mil :
Et comment, en croyant nourrir sa faim trompée,
Le désir odieux fut tranché dans sa fleur,
Et le fruit devint cendre, et sa lèvre crispée
Se tordit blêmissant de honte et de douleur.

15

Sur la vague assombrie assaillant le navire
Sa colère tonna dans la rumeur des vents,
Et, comme un crépuscule au pâlissant sourire
Glisse dans l'accalmie au bord des flots mouvants,
Il nous rendit plus tard l'espérance sacrée,
L'astre et la fleur, la femme, et le ciel, et l'amour;
Il prodigua l'ivresse et la joie inspirée,
Relevant, consolant et pleurant tour à tour.

16

Par son charme puissant l'âme divinisée
S'envole élargissant ses ailes dans le ciel,
Et, buvant l'harmonie en Dieu même puisée,
Semblable à lui se fond au foyer éternel.
Les brumes qui voilaient son essor se dispersent,
Inondé de soleil fume un nouvel encens,
Et sur la terre, Éden recréé, les cieux versent
Les avalanches d'or de leurs astres naissants.

17

Du printemps qui frissonne et du clair dialogue
Des ruisseaux gazouilleurs et des chansons des bois
S'exhale la fraîcheur de l'ineffable églogue
Où les rires d'oiseaux se mêlent à des voix.
Il semble qu'avril même, en fleurissant les cimes
Que caresse le souffle impérieux des mers,
Donne aux grelots d'argent, au cristal de ses rimes,
Tous les parfums des fleurs de tout cet univers.

18

Ton âme est la clarté vers qui tendent nos âmes ;
Le resplendissement éternel est ta loi ;
L'ombre avec ses linceuls ne couvre point tes flammes ;
L'inéluctable mort ne peut rien contre toi.
Qu'importe que ce siècle aride et vain se range
Dans les siècles déchus, si l'essaim de tes vers
Sont les plumes portant cette hirondelle étrange
Qui toujours émigra du côté des hivers ?

19

Jamais pleurs douloureux, baptême plus austère,
N'avaient baigné le front d'un plus noble exilé,
Alors que, secouant la roche solitaire,
Les révolutions roulaient leur flot gonflé.
Du monstrueux passé les ténèbres hurlantes
Jamais n'avaient jeté d'oracle à notre effroi
Qui vînt mieux étayer les âmes chancelantes
Dans les religions, dans le doute et la foi.

20

Aux lueurs de la foudre, au bruit rauque des râles,
Aux rouges orients des jeunes libertés,
Se lèvent, arrachant leurs pierres sépulcrales,
Des féroces temps morts les sceptres irrités.
Dans la vieille cité livrée au droit qui tue
Et dans tout héros frappe une rébellion
Va surgir l'éternel airain de ta statue
Sur le sol affranchi par ta griffe, ô lion !

21

Roi, le temps est ton trône, et les siècles tes pages.
Chaque aube est une jeune auréole à ton front.
Servi par des esprits, dont tes chants sont les gages,
Tu régneras encor dans les jours qui suivront.
Tous les sceptres seront tombés devant ta lyre,
Et tout le vieil Olympe, et les Césars romains !
Ta pourpre ne craint point de fer qui la déchire :
Son tissu n'est point fait par de mortelles mains.

22

Quel maître cependant moulera ton visage,
Reproduira la ligne austère de tes traits?
Maître adoré! qui donc léguera d'âge en âge
Ta face auguste à ceux qui passeront après?
Phidias, ce labeur ne serait accessible
Qu'à toi, dieu qui créas les dieux des autres temps,
Sous l'œil du Florentin, vainqueur de l'impossible,
Dont le bras dans le marbre enchaînait les Titans.

23

Chéroubime de l'Art, tenant au poing le glaive,
Michel-Ange, terrible esprit, debout au seuil
Du dernier jugement, ç'eût été là le rêve
De tes quatre-vingts ans de révolte et d'orgueil;
C'est toi qui sculpterais à la face des mondes
Cette bouche d'où sort la formidable voix
Qui tonne sur le mal et ses forces immondes,
Relève les petits et terrasse les rois.

24

Terre, jette à ses pieds ta gloire et tes désastres !
Cieux, étendez sur lui vos parvis étoilés !
Qu'Il se dresse éclatant sous le regard des astres,
Et qu'aux fils de nos fils ses traits soient dévoilés !
Il dépasse les flots qui submergent la tombe,
Il lance à l'inconnu son défi triomphant...
L'emblème de son âme est l'aigle et la colombe :
Rebelle aux dieux et père attendri de l'enfant.

25

Soleil, tu n'as point vu blanchir plus haute tête.
Parmi les fils de l'homme Il est le plus altier !
Sur tes cimes, ô temps, sur leur sanglante crête,
Aucun nom ne rayonne aussi pur, aussi fier.
Témoignez la splendeur de cette âme idéale
Dans sa forme terrestre à la postérité ;
Révélez aux humains jusqu'à la nuit finale
Le vêtement mortel de l'immortalité.

A PARIS

DES PRESSES DE D. JOUAUST

Imprimeur breveté

RUE SAINT-HONORÉ, 338